句集

# 流灯

瀬谷泰泉

文學の森

# 流灯・目次

題字　著　者
装丁　文學の森装幀室

# 句集　流灯

# 平成二十年

漫歩するいくさ無き世の初鴉

枯芝に服着し小犬たはむるる

徳川ミュージアム

徳川の世もこの坂の杉落葉

弘道館

尊攘の墨痕は褪せ臥竜梅

風花や旅の昼餉のとろろ汁

きらきらとさらさらと水梅匂ふ

一瞬のまたたきに似て梅一輪

牛久シャトー

花の昼描く明治の赤煉瓦

国営ひたち海浜公園

観覧車ゆつくり回る花の丘

花に来て女ばかりの喫茶店

春嵐鳴るは松山雑木山
パレットに紫陽花の色模索して

青梅雨や籠りて唱ふ普門品

ハーモニカ涼しく吹かむ宵の口

暁に蓮の巻葉の立ちにけり

向日葵を描く青年画家凜々し

水戸黄門まつり　二句

坂の街神輿ゆさぶり軋ませて

水戸つぽの血は争へず荒神輿

ハーモニカ緑蔭殊によかりけり

曝書して立ち読む禁書資本論

血まで濃くして紅葉を描きをり

ほうといふ口して埴輪小鳥来る

萩の風汽笛短かに列車過ぐ

萩散つて鯉の大口大水輪

法師蟬大樹伐られて道新た

老食に酒少々と菊膾

老いひとり落ち鮎などを焼いて食ふ

境内の一本紅葉してをりぬ

丘と窪上り下りて紅葉狩

密に生ふ蘆に身を寄せ鴨睦む

ただ一羽白き水鳥さまよへり

平成二十一年

庖丁を研ぐや寒九の水奔る

独り住み家の慣ひの柊挿す

心持ち背筋が伸びて寒明くる

切味のよき白梅の二つ三つ

蔀戸の内は梅の間琴鳴りて

偕楽園　二句　好文亭

南崖に僊湖暮雪碑梅の園

寒戻る風に真向ふ葬の列

三月や記憶の中の薔薇描く

白椿一輪小さき絵となりぬ

三月の喪用祝用ネクタイ買ふ

トンネルを出れば信州梨の花
わさび田の水も豊かに道祖神

ちひろの絵小さきがよし花菜畑

陰徳に礼状を書く菜種梅雨

草若葉小苗を捌く老夫婦

水戸黄門まつり

神輿舁く女法被に雷の文字

請三打魚板叩くや風青し

「請三打、不問東西南北乃風」

秋夕焼からすが一羽また一羽

虫の音の中に立ちゐて夜気澄めり

スケッチブック煽り野分の立ち騒ぐ

立秋の対岸に白きマストの帆

八十路生く小さきリンゴの艶愛でて

ハモニカで吹く抒情歌へ黍嵐

婆さんも荷風も好きな断腸花

絵手紙の細字立ち読む野分中

むらぎもの疲れ溶けゆく柚子湯かな

# 平成二十二年

雪しんしん一日書斎に籠りをり
年新た読まねばならぬ書を積みて

辛夷咲く博物館は埴輪展

春雪や妻の七回忌も近し

常陸野の陽炎に友遠ざかる

新樹より芳しき風ウォーキング

風に揺るる風船葛まだ青く
留守居して一人の夜の遠花火

十薬の花純白に闇迫る

人の世の片隅に生き夏終はる

道標や穂芒に風颯颯と
だいだらばう黄金の穂波見下ろして

彼方より流転反転稲雀

シーソーもジャングルジムも秋日和

秋麗天声人語降りそそぐ

小鳥来る山脈青き父祖の国

深呼吸十一月の芳しき

霜の朝くりかへし見る訃報欄

警策の一打時雨るる堂の外

光彩を放つ日暮の枯芒

# 平成二十三年

初暦掛けて書斎の改まる

雪描く雪の白さを模索して

風邪に臥し窓に音なき空見つむ

絵本みなパステルカラー春隣

生まれねば死ぬこともなき子猫かな

天地の春をゆさぶる大地震

大震に怯ゆるいのち凍つる夜に
余震なほ夜もすがら鳴く青葉木菟

墓石の折り重なりて斑雪

明易し夢見たやうな見ぬやうな

合歓の花生死無明のごとくにて
あびらうんけん万遍唱へ滝行者

黴ぬぐふ滞納通知握りしめ

書展見て団扇貰ひて帰りけり

端居してひとり生老病死問ふ

遠くから聞こえてこその盆太鼓

影濃くて物さだかなる秋暑かな

行人の気づかぬままに韮の花

柿の花路地に小さき骨董屋

「俳画考」河童指さす後の月

小川芋銭画「因指見月」より

秋闌けて漱石全集古書となる

蕎麦の花利鎌一挺錆びゐたる

小松寺　平重盛墓所

山門の紅葉真紅を極めたり

一山の十一月のたたずまひ

作務僧は見えず聞こゆる落葉掻

枯蟷螂登り切れずに如意輪寺

無雑作に削る蘆ペン枯野中

凩や夜更けて習ふ寒山詩

梳る櫛にも白髪日短か

# 平成二十四年

平凡も非凡もないと初句会

光琳の梅図のごとき梅の枝

亡き妻の執りし庖丁葱刻む

妻の忌のどうにもならぬこの寒さ

朧夜や句書画ハモニカみな不思議

春寒し小銭握つて何急ぐ

飛花落花山の名前も桜山
絵にならぬ山を朧に描きをり

夕日得て花金箔のごとく散る
春暁の気を吸ふ腹の底までも

目高飼ふ目高は目高小さきもの
紫陽花が笑ひころげる小糠雨

空洞の街ひまはりの立ち枯るる
日蝕が終はり地球の若葉かな

新緑の匂ひの中に目覚めけり

生き生きと風も五月の故郷かな

更衣散歩は青い風の中
明易し老いては更に明易し

土用灸翁も据ゑしてふ三里

八月の森に避難の道しるべ

気まぐれに鳴る風鈴に眠られず

狭庭には萩と一石あれば足る

虫の音の聞こゆる闇に歩み寄る
新涼の松は容姿を整へて

蟬しぐれ三男いまもひとりぼち

杉山にかなかな消ゆる故郷かな

紅葉狩作務僧遠くでお辞儀して

山本不動尊

爆音や紅葉は紅葉松は松

秋の夜の日記人の名ふと忘る

色鳥の来て束の間に見失ふ

紅葉狩谷の出口の土産茶屋
いい風が来て林道に秋来る

里神楽赤が気になるからす瓜

後輩の柩見送る神の留守

暗い赤明るい赤と紅葉して
短日も一日は一日暮れにけり

# 平成二十五年

遠景の梅白みそむ白き街

夕影の星とみまがふ梅見上ぐ

大寒の藍一色に父祖の国

人逝きて愛憎は無に寒明くる

蕗の薹土手の裏にも陽が届け

白梅や和紙の白さに一句書く

三月や手を挙げて吸ふ陽の匂ひ

風もややや弥生の匂ひウォーキング

休診の歯科医眼科医桜散る

護国神社

蔀閉づ巫女の緋袴夕桜

史蹟　一里塚

住みなして朝は雉鳴く一里塚

地名　一里塚

雉鳴いて子らには故郷一里塚

囀に聞く幸せのありどころ

ありがたや老いて健脚若葉風

卯の花や旅はみちのく歌枕
バラ描く朝の水滴光るまま

万緑の神域神気に触るるごと

葬の日の盆地を囲む青葉山

ひとねむりして炎昼をやりすごす
新緑や背筋は伸ばして歩くもの

更衣してみちのくの旅に出づ
すかし見る棟の花葉綾なして

Uターンすれば追ひ風夏嵐
どこからかシャンソン聞こゆ夜の秋

流灯の呼び止むる間もなかりけり

流灯のふり向くことのなかりけり

ああ鳴いてかう鳴いてみて法師蟬
せつかちに鳴くだけ鳴いてつくつくし

立秋の追はるる雲と追ふ雲と

旅の宿その蜩の声細る

耳澄ましをれば露散る音もして
悲しとも憂しとも聞こゆ法師蟬

ユーカリの白き樹肌に秋来る

豊かにて心もとなき秋初め

秋すでに雲足迅き下山道

入院

天井も壁もベッドも秋白し

柚子は黄に句会へ急ぐ道すがら

葬送の帰りを急ぐ暮の秋

暮早しメーテルリンクの青い鳥

袋田

伏流と覚しき水音冬の滝

今日といふ日は今日限り冬の鵙

茶の花や石の地蔵の赤頭巾

初霜や戦中戦後飢ゑて餓鬼

きらきらと雲は千切れて冬に入る

その昔たなご釣りせし沼涸れて

涸沼（ラムサール条約登録）　二句

冬ざれや利休鼠の涸沼《ひぬま》川

枯野にも青き小さき芽のありぬ

山水の景に隙なき十二月

山河いま骨格正す十二月

冬の月人は地に匍ひ地に伏して

平成二十六年

大串貝塚ふれあい公園

大《だい》太《だら》坊《ぼう》の影がふくらむ初明り

去年今年八十路屈折多かりし

元旦の松もけやきもひとり立つ

屈折を生きて米寿の初日記

老ゆまじと寒九の水で顔洗ふ

融けさうで融けぬ残雪日も暮るる

老梅を見上げてしばし頷きぬ
吟詠も聞こえて水戸の梅祭

晴れ曇り春の祭の人出かな

猿引きの太鼓の音も梅祭

流し雛浮かれ浮かれて遠ざかる

二三行日記書き足し春暮るる

八重桜水の濃くなる千波沼

野焼して筑波山麓暮れ泥む

屈まりて畦焼く媼遠筑波

背伸びして摑む鉄棒子供の日

水無月のいくさ地獄を忘るまじ

緑蔭を平和浄土と名づけけり

スケッチにあの色が欲し青葉潮

百日紅空き家の角を紅に

青柿が地に落つる音一日老ゆ

筍のはや大竹となりにけり

新緑を眼鏡の奥に観覧車

油蟬鳴くだけ鳴いて土に墜つ

くろがねの風鈴たちまち風を呼ぶ

曼珠沙華蘂は光彩放ちけり

彼岸花仏の妻に手を合はす
露けしや女一文字のみの墓

露けしや石塚となる無縁仏

秋没日明日あらばまたあした

ダム湖いま静まりかへり水の秋

米寿いま黄落の中に憩ひて

見渡せばどこも稽田無人駅

幹に倚り松籟を聞く神無月

短日の今日は佳い日と今日を生く

雪催ひ佇んで聞く遠汽笛

冬日和佳き日良き時ありがたう

枯蓮や風土記の丘の石の門

# 平成二十七年

末吉も吉上々と初笑ひ

大寒の紙で指切る刷り仕事

寒明けのわれに米味噌菜つ葉足る

陽は少し高めになりぬ猫柳

春の朝眉毛一本長かりし

春光の遍き大路ペダル踏む

大かたは銘なき桜散りにけり

囀や高点句など欲しがるな

十薬を刈つて束ねてどつこいしよ

青嵐重し太しと骨拾ふ

つまづいて転んで立つて夏に入る

きのふ晴今日雨の中濃紫陽花

紫陽花を水もしたたる色で描く
風鈴のとぎれとぎれに眠くなる

夏果てて日課そろそろ乱れがち
できなけりやできないでよし蚯蚓鳴く

蜩やまだ絶滅種とはならず

鳴き捨ててあとは野となれ法師蟬

石仏半眼残暑続くとも
足早に過ぎゆく九月風の色

機影追ふ秋空に追ふ何もなし

鳴き鳴きて鳴き尽しをり虫時雨

秋深む雲の切れ目の空の青

秋は夕暮枕草子墨で書く

衣食住一切合切秋暮るる

秋描くなくてはならぬ縹《はなだ》色

能面の秋思は壁の暗がりに
秋思いまロダン彫塑の前に立ち

漱石も八雲も秋思のプロフィール

小鳥来るころとなりけりひとり老ゆ

眠れねば眠らずに老ゆ秋の夜
虫の音を一楽章と聞き入りぬ

虫の音に眠たくなつて眠りけり

露けしや元禄の文字指で読む

謡曲「紅葉狩」

「女にて候」出さうな紅葉谷《もみじだに》
凸凹といびつが自慢榠樝の実

寝ころべば視界にあまる秋の空

初霜や青菜いよいよ青くなる

短日のただあつけなく暮れにけり

短日のおろおろおろと夕まぐれ

閑人の閑居許さぬ師走かな

白樺の幹も脱皮の十二月

米寿はや過去となりけり冬至風呂

米と塩お神酒も買つて年用意

喜怒哀楽過ぎゆくままにクリスマス

年の夜の独居の果てをわれに問ふ

自我像へ自問自答の年の暮

人の死のひとごとならぬ足の冷え

平成二十八年

水切つて風切つてゐる枯まこも

枯草の枯の色どりさまざまに

オカリナの聞こえる土手の冬休み

破れ鉢もがらくたも儘草枯るる

動脈瘤抱へ大寒やりすごす

悴みて典座のごとく米を研ぐ

冬深し深閑として城の趾

ふるさとの八方霞む城の趾

城趾の楤の芽太き故郷かな

卒寿いま春のもろもろ愉しとも

山笑ふキャンバスは野に立てて描け

老幹の曲折隆々梅真白

人影を映して池の水温む

夜咄がと切れ春めく潮の音

青柿が一つトタンの屋根を打つ

伸びるだけ伸び放題に草茂る

ひとりにはひとりの味の茗荷汁

句集　流灯　畢

# あとがき

この句集は『万歩計』『形影』『霧襖』『交響』（平成十七年文學の森）『優游』（平成二十四年文學の森）に続く第六句集になる。

平成二十年一月「ひたち野」（矢須恵由主宰）に入会してから平成二十八年六月までの作品六百句から二九五句を自選したものである。

内容も表現も、ひとりよがりに過ぎないものもあると思うが、晩年の心とくらしに照応する自分史としての意義を大切にしたいという思いを形にしたものである。

平成二十八年九月

瀬谷泰泉

## 著者略歴

**瀬谷泰泉**（せや・たいせん）　本名　浩

1926年　茨城県城里町に生まれる
1971年　中村草田男主宰「萬緑」入会
1997年　「萬緑」同人
2001年　俳人協会会員
2008年　「萬緑」退会
　　　　矢須恵由主宰「ひたち野」入会、同人

句　集　『万歩計』『形影』『霧襖』『交響』『優游』
句文集　『寒木』『旅の俳句』
画　集　『瀬谷浩自選作品集』

現住所　〒310-0836
　　　　茨城県水戸市元吉田町1852-22
電　話　029-247-2862

句集　流灯《りゅうとう》

発　行　平成二十八年十一月七日
著　者　瀬谷泰泉
発行者　大山基利
発行所　株式会社　文學の森
〒一六九-〇〇七五
東京都新宿区高田馬場二-一-二　田島ビル八階
tel 03-5292-9188 fax 03-5292-9199
e-mail mori@bungak.com
ホームページ http://www.bungak.com
印刷・製本　竹田　登

ISBN978-4-86438-572-5　C0192